KB010303

엉덩이로
이름쓰기

엉덩이로
이름쓰기

김소향 시집

Magic House
Open Your Thinking

시간이 인간의 몸을 토해냈다, 광막한 인고를 뚫고.
무심하게 놓고 떠난다, 아무 일 없었던 것처럼.
매정하게 뒤돌아보지 않는다, 미련 없다는 듯.
탄생의 이유도 모르고 그렇게 남겨진 몸이다.
감사해야 할지, 원망해야 할지 여전히 모른다.
그럴지라도, 잠시 그대의 몸에 귀 기울여 보자.

서문

몸 밖의 세상의 이야기가 있듯
몸 안의 세계의 이야기가 있다

내가 좋아하는 애니메이션 영화 중 하나는 〈토이 스토리〉다. 어릴 적 늘 곁에 두던 장난감에게 알고보니 그들만의 세계가 존재한다. 살아 움직이는 장난감들의 우정과 모험담이 가득한 정말 있을 법한 세계! 그 세계를 눈치 못 채는 인간들이 답답하기도 하고 혹여 인간에게 들킬까 함께 숨죽여 보았던 영화다.

그 영화 같은 장난감 세계가 우리 몸 안에서도 펼쳐질 수 있다면 어떨까?

늘 쓸모없는 존재라고 여기는 〈시무룩한 눈〉
존재감 없던 눈썹의 성공신화 〈개척자 눈썹〉
매일 해결할 게 많아 골치가 아픈 〈뇌의 푸념〉
늘 외모 불만족에 눈치 받는 〈해명에 나선 얼굴〉
직립 보행의 첫 걸음을 뗐던 감격의 순간을 전하는 〈척추의 연설〉

〈엉덩이로 이름쓰기〉는 우리 몸 속의 세계를 엿본 꽤 있을법한 발칙한 상상력의 시집이다. 그렇다고 무작정 허무맹랑한 내용은 아니다.

나름 의학적 지식과 인문학적 사실을 바탕으로 한 탄탄하게 짜여진 한 권의 시나리오다.

시가 감성으로 읽혀지다 이성이 불쑥 등장할 것이다.

좌뇌와 우뇌로는 알 수 없는 우리 몸의 이야기다.

심장이 뛰는 삶을 살아야 한다며 모든 걸 자신에게 의지하는 이들에게, 심장은 〈가장 먼저 만들어져 가장이 된, 심장〉이 된 것뿐이라며 토로하는 고뇌의 시

존재에게 펼칠 꿈을 전하는 전령자인 태고의 역할을 상실하고, 그저 기억을 보관하는 저장소가 된 〈정체성 잃은 해마〉의 고백 시

턱을 괴어 땅을 내려다 보다 개미와 눈이 마주치고, 하늘을 올려다 보다 새와 눈이 마주친 〈명상하는 턱〉의 의구심 가득한 시

자신의 짝을 만나기 위해서는 매파 역할의 〈터줏대감 갈비뼈〉 관문을 통과해야만 가능하다고 귀띔해주는 시

매일 아침마다 근육이 없어 무력한 폐에게 생기를 불어주는 〈열정 품은 횡경막〉의 노고를 알려주는 시

죽음을 잠시나마 경험케 해주려고 밤마다 뇌를 묻고 가차없이 자아를 해체시킨다는 〈메신저 잠〉의 답답한 심경토로의 시

오늘 하루도 인간의 몸은 짜여진 코딩대로 잘 움직여줄거라고 〈자만하는 DNA〉에게 유일한 거슬림은 저 구석에서 잠자고 있는 의지라고 말해주는 시

퇴화가 아니라 변화에 빨리 적응해 〈더불어 사는 털〉이 되어 중요 부위에 자리 잡게 되었노라 자화자찬하는 시

알고보면 엉덩이와 뇌는 닮은 구석이 많은 절친 친구이며, 둘이 좋아한 놀이는 〈엉덩이로 이름쓰기〉였는데, 어느 사건 이후 뇌가 그 놀이를 벌칙으로 치부하게 된 사연의 시

이 55개의 각 신체 기관들의 사연을 다 읽고 시집을 덮는 순간, 그대의 몸의 기관들이 일제히 숨죽이고 그대를 주시할 것이다. '혹여 자신들의 세계가 들통났을까'

혹시 모르지 않는가, 이 시집 속 몸의 세계가 정말로 존재하고 있을지도…

김소향

목차

시무룩한 눈

고백하건데
나는 쓸모없는 존재다

대상을 보는 시력은 있으나
현상을 꿰뚫어 보는 통찰은 없다

사람을 알아보고 인사할 수는 있으나
그 인연이 맺어진 이유는 볼 수 없다

상대 얼굴을 보고 나이를 가늠할 수는 있으나
세월 속 경험으로부터 온 내공은 볼 수 없다

사물의 용도를 식별할 수는 있으나
그것을 탄생시킨 숱한 노고는 볼 수 없다

펼쳐진 산과 강의 풍경에 감탄할 수는 있으나
그 속에 연결된 자연의 섭리는 볼 수 없다

일출과 일몰의 경관을 만끽할 수는 있으나
그 사이에 존재하는 시간은 볼 수 없다

발전하는 과학 기술에 감탄할 수는 있으나
인류가 어디로 향하고 있는지는 볼 수 없다

하늘, 별, 달, 구름을 바라볼 수는 있으나
온 만물을 다스리는 신은 볼 수 없다

고백하건데
나는 쓸모없는 존재다

가까운 듯 먼 속눈썹

속눈썹은 뽑으면 안되는 존재다

눈시울에 난 속눈썹이 사라지면
눈물이 메말라 눈은 건조해질 것이다

눈은 망막에 맺힌 장면을 응시하고
속눈썹은 그 장면의 맥락을 이해한다

감수성 없이는 경험할 수 없고
경험이 없으면 감수성은 메마른다

풍성한 속눈썹의 감성은
가슴을 적시는 촉촉함이다

속눈썹은 뽑으면 안되는 존재다

눈은 쉴 틈 없이 시선을 따라간다
속눈썹은 그 사이의 깜박임을 바라본다

이따금 눈은 머물 시선을 잃는다
방황하는 눈을 속눈썹이 지그시 감싼다

감은 두 눈에 고요함이 찾아온다
속눈썹의 무게만큼 내면을 바라본다

한 올 한 올의 파르르함은
찰나를 만난 환희다

속눈썹은 뽑으면 안되는 존재다

홀대받는 코

코의 위상이 무너졌다
고작 산소 통로로 치부됐다

인간은 제명되었다
지구 생태계 후각 스펙트럼 파장에서

자연 개체마다 고유 향이 있다
동식물 종마다 고유 향이 있다

바람은 그 향의 소식을 담는다
바람은 그 향의 위치를 알린다

코로 바람을 들이마시는 순간
온 몸에 전율을 느낀다

그렇게 우리는 시공간에 구애 없이 소통했다
지구 행성은 모두 하나였다

언제부터였을까
인간이 지구상에 외톨이가 된 게

아마도 요란한 소리 언어가
그 파동 세계를 찢었을 때부터였을까

나비를 품은 입술

1

양 입술 날개를 퍼덕인다
음성을 싣는 쉼없는 자유비행이다

날개를 터는 데 온정신이 팔린다
그 소리짓으로 생길 파동도 모른 채

이따금 침묵의 애벌레 시절이 그립다
묵묵히 때를 기다린 차분함의 통찰이 허락된

양 입술을 털어 생긴 나비 효과를 본다
뿌듯함이 밀려올 때도 자책감이 파고들 때도

요란한 날갯짓에 비로소 해방되고자 한다
다가올 파동을 감지할 직관적 비상을 꿈꾼다

2

고고한 관능미는 나방에 비할 바가 아니다
도도한 입꼬리는 곧추세운 날개의 기품같고
윗입술 큐피트의 활 모양새는 에로스의 정점이다

날개의 형형색색 자태로 짝을 찾는 나비처럼
모세혈관의 붉은 뜨거움으로 상대를 부른다
스치듯 만났다 떨어지며 서로를 애무한다

한 쌍이 만나 밀월여행을 떠나는 나비처럼
말이 필요 없는 두 사람만의 현란한 춤이다
파고드는 촉감과 떨림으로 미묘히 교미한다

입의 성공 신화

밑바닥 인생이었다
꾸역꾸역 들어오는 온갖 잡식을
송곳니로 찢고 어금니로 부수고
구강 속에서 쉴 틈이 없었다

항상 희망을 잃지 않았다
어느 날 침샘을 발견하고는
음식물이 투입되면 바로 분비시켰다
마침내 혹독한 노동으로부터 벗어났다

그러자 여유가 생겼다
비로소 품고 있던 열망을 표출했다
가만히 자연의 소리를 듣고 따라해 보았다
바람 소리를, 시냇물 소리를, 새소리를

어느새 모든 존재와 교감하고 있었다
그 소통 속에서 내 존재를 발견한다
소리로 존재를 드러내는 만물을 바라본다
그 하나의 노래에 나는 화음이었다

맛의 지휘자 혀

침을 질질 흘리며
식욕에 휘둘린 게걸스러움 뒤로
음미의 품위를 일깨운 혀

짠맛, 단맛, 신맛, 쓴맛의 음표들을
혀에 오돌토돌 새겨 놓고
하모니를 이룬 맛의 선율

막걸리 한 잔이 오늘의 노고를 달래고
따스한 밥 한술이 마음을 녹여주며
고구마 한 입이 옛 추억을 소환한다

입 안에서 펼쳐지는 맛의 신세계는
감탄사를 절로 부르며
어깨춤이 절로 나온다

미각의 상실은
웃음기 잃은 섭취 노동이며
고독한 생존의 몸부림이다

영혼의 입영소 성대

갓난 아이가 세상에 태어날 때
우렁차게 우는 첫 울음 소리는

양쪽 성대 사이의 틈을 뚫고
몸 속으로 들어온 영혼의 신고식이다

무겁고 둔한 육체 군복을 입기 전에
영혼의 목소리를 삭발해야 한다

빛보다 빠른 영혼의 음성을 버리고
원시적인 근육발성장치를 짊어진다

생애동안 발성법을 잘 익혀
몸의 총탄인 말을 잘 쓰는 법을 배운다

동료를 따뜻하게 해주는 말
잠든 영혼을 깨우는 말

우리의 삶은 지구 행성의 언어를 익히고
잘 다루는 법을 배우는 훈련장이다

치열한 조직 치아

가장 단단한 조직이다
체계를 유지할 영양소 결정 장소로
선두에 있는 발판 교두보들이다

윗선 아래선 치열궁으로 배열된
앞니를 기준으로 순별로 뻗어있다
평생을 박혀 있을 것 같은 뿌리처럼

독립적인 듯하나 한 꺼풀 벗겨보면
톱니바퀴처럼 맞물려 있는 교합력이다
치주인대가 얽히고설킨 조직이다

씹는 힘을 견디지 못하면 깨지기 쉬우나
삶의 생장과 노화를 생생하게 경험하며
삶의 양생법을 깨우칠 수 있는 왕국이다

썩는 이를 뿌리 뽑는 쇄신을 단행한다
매일 불순물을 제거하는 깨끗한 이는
조직에서 살아남는 영구치가 된다

음미하는 침

24시간 분비되는 불침번이다
영역내 수분과 산도를 보호한다
맑은 진액으로 청아함을 지킨다

비로소 안으로 찾아온 그대에게
끈적한 매력의 윤활제를 두르자
치명적 효소에 사르르 녹는다

오물조물 은밀한 파괴력이다
몰랐던 서로의 참맛을 발견한다
산도의 진가 그리고 그대의 진미

함부로 뱉지 않는 고고함
넌지시 들어온 연인의 타액
서로에게 금장옥액이구나

개척자 눈썹

큰 존재감은 부여받지 못했다
그저 눈 위에 돋은 짧은 털이다
이마와 눈을 구분하는 경계선이다

생존적 기능을 부여 받지 못했다
없으면 허전하나 없어도 산다
소중한 눈을 보호하는 역할이다

허나, 영원한 주변인은 거부한다
시선을 붙잡기 위해 부단히 노력했다
눈보다 더 영향력 있고 싶었다

이제, 얼굴의 인상은 내 털에 달렸다
눈썹 모양은 첫인상을 좌우한다
무시할 수 없는 존재감이다

해명에 나선 얼굴

아침 거울 앞에서 시작되는 눈총
수시로 느껴오는 외모 불만족
세월이 갈수록 커져가는 불평

어느 정도는 수용하겠습니다
허나 삶의 책임론은 인정할 수 없습니다

본래 제 역할은 개개인의 구별을 위함으로
유전자 자유방임주의 정책에 따른 것입니다

유전자 혼합으로 자립적인 개성 표출
자연환경에 따른 생존 속 진화의 신비

어느샌가, 이기적 유전자들의 자기중심적 미의 기준
다채로움의 조화를 거스르는 자본주의적 미의 기준

그래서 수정 정책을 이미 시행하고 있습니다
유전자 조합 결과에 따른 운명담당기관과 협의 후

최대한 각자가 처한 환경의 기준을 고려하여
현세 외형에 준하여 개성과 매력을 심어두었습니다

운명과의 만남은 감히 외모 범접 불가 영역입니다
현세 외형으로 삶을 만들어 가는 것은 그대 숙제입니다

나인 듯한 너 주름살

얼굴이 조물주에게 서운함을 드러냈다
"제 짝은 없군요. 기관마다 전부 두 개씩인데"

조물주가 쓰다듬으며 말했다
"네 짝은 늦깎이에 찾아온다.
 동시대를 걷고 있으나,
 단지 만남이 더딜 뿐이다."

활짝 핀 얼굴로 물었다
"늦은 만큼 혜택이 있나요?"

조물주가 웃으며 말했다
"네가 움직인 만큼, 네가 채운 만큼"

설렘 가득한 얼굴로 되물었다
"저에 따라서 좌우된다는 건가요?"

조물주가 다시 쓰다듬으며 말했다
"모습을 드러내면, 이렇게 어루만져줘라.
 너를 닮은 이다. 네 거울이다."

과거를 담는 머리카락

머리카락은 뿌리를 두고 있다
쉽게 자를 수 없는 연緣이다

젊은 날의 풍성한 숱한 인연이
우리 삶 속에 그렇게 심어져 있다

모낭에서 발모와 탈모를 반복하듯
삶 속에 만남과 헤어짐이 공존한다

죽은 세포들로 길게 연결된 털이
윤기를 내며 생동감을 발휘하듯

과거가 된 인연들과의 추억이
그대 삶을 풍요롭게 해준다

미련없이 빠지는 머리카락처럼
자취없이 스쳐가는 인연들

세월이 흘러 쉬 느껴지는 휑함
본래 머리카락은 무명초다

뇌의 푸념

분명 내가 듣기로는,
독불장군처럼 도도하게 명령만 내리면
각 기관들이 곧바로 복종하는 체제 아래
모든 것을 지배하는 정상의 자리라 했는데

실제 내가 있어보니,
독자적 의사결정은 도저히 불가하고
세포들이 달려들어 온갖 요구를 하니
모든 민원을 접수 처리하는 자리다

눈은 쉴 새 없이 내게 인지를 강요하고
귀는 질세라 내게 지식을 주입하며
입은 거창하게 상대를 제압해달라 하고
심장은 따뜻함이 없다 질책하고
근육들은 여유가 없다 야유한다

그래도 그런대로 끌고가나 싶으면
불연 예견없이 찾아오는 허무감은
어떤 성취감으로도 떼어 낼 수 없다

답은 없고 선택만이 있는 이 미지의 세계에
나를 조정하고 있는 당신은 누구인가

정체성 잃은 해마

나는 꿈을 전하는 전령자였다
삶 속에서 존재성을 발휘할 꿈을 찾도록
태고적 존재 가치를 기억하는 역할이었다
시간이 갈수록 희미해져가는 혼을 깨우는

나는 꿈을 전하는 조력자였다
삶의 기쁨을 느끼게 해 줄 꿈을 갖도록
그 환희를 고스란히 전파하는 역할이었다
시간이 갈수록 식어가는 열정을 피우는

나는 그저 기억을 보관하는 저장소인가
인지된 정보들이 끊임없이 밀려온다
소수의 정보를 걸러내어 저장한다
잠시라도 멍 때리면 정신 차리라 핀잔한다

나는 세상 지식의 군림자인가
세상의 정보들이 자신을 보존해달라 사정한다
온갖 자극으로 잊혀지지 않기 위해 분투한다
그 결과 난 태고기억상실증에 걸린 상태다

감정 몰입자 뾰루지

뾰로통 부어올랐다
곪은 시발점은 알 수 없으나
감출 수 없이 티가 난다

뾰루퉁 성이 났다
솟구친 이유를 모르겠으나
터지기 직전 화산 같다

격한 감정에 손 대지마라
오히려 덧나 평생 흉터로 남는다
잠시 방치하고 내버려두라

얼굴 전체가 엉망인 것처럼 보이듯
인생 전체가 엉망인 것처럼 보여도

순간의 감정에 휘둘리지 마라
이따금 피어나는 뾰루지다

교량자 뇌량

나는 매 순간 수행한다
좌뇌의 아집과 우뇌의 아집 사이에

나는 매 순간 수행한다
자아와 타인 사이에

나는 매 순간 수행한다
인간과 자연 사이에

나는 매 순간 수행한다
보이는 것과 보이지 않는 것 사이에

이따금 환희의 순간은
나의 사라짐 속 조화다

이따금 환희의 순간은
하나의 조화 속 나의 발견이다

퇴보하는 편도체

고대 대평원 수렵채집 인류에게
유일한 생존 무기는 직감이었다

계절의 흐름을 느끼고
다가올 폭풍을 감지하고

대지에 식물의 성장을 관찰하고
평야에 동물의 움직임에 반응하는

그렇게 감각에 민첩하고 예리하게
매순간을 생존해 나갔거늘,

현대 도시 기술 채집 인류에게
유일한 생존 무기는 데이터다

숫자가 명쾌한 듯 과거를 분석하고
그래프가 정답인 듯 미래를 예측한다

타인을 설득할 눈에 보이는 근거일수도
권위를 선사할 논리적 증명일수도 있으나

뇌의 손을 탄 미래는 예측불허다
그 흐름에 대적은 인간의 직감 일수도

시지프스의 귀

사력을 다해
영혼과 자연의 메세지를
달팽이관까지 전달해놓으면
귓바퀴를 따라 허무하게 튕겨나온다

자궁 속에서 들었던
신의 목소리와 만물의 대화 소리
그 소리의 주인공들을 만나겠다는 의지로
그 수개월을 견디고 악착같이 세상에 나왔건만

우렁찬 첫 울음소리와 맞바꾼 먹먹함
마치 홀로 남겨진 고아처럼
몸은 여전히 그 온기를 느끼나
소리는 연기처럼 자취를 감췄다

귀기울이지 않을 걸 알면서도
온 만물이 연결된 호흡의 소리를
오늘도 짊어지고 다시 귓바퀴를 오른다
고행인걸 알면서도 포기할 수 없는 이 안타까움

명상하는 턱

턱을 괴어 땅을 응시하자
개미가 나를 인지한다, 나와 동시에

그 개미, 집에 돌아가 일기를 쓴다
아주 큰 검은 눈동자를 발견한 날이라고

그 개미, 이따금 일 손을 멈추고 하늘을 응시한다
그 교감의 환희를 다시 느끼고자

그 개미, 이따금 시를 쓴다
죽어라 일해야 할 이유를 알고 싶어서

턱을 올려 하늘을 응시하자
새가 나를 내려다본다, 나와 동시에

그 새, 집에 돌아가 일기를 쓴다
더 작은 검은 눈동자를 발견한 날이라고

그 새, 이따금 날갯짓을 멈추고 땅을 응시한다
그 교감의 환희를 다시 느끼고자

그 새, 이따금 시를 쓴다
힘껏 날갯짓해야 할 이유를 알고 싶어서

우리는 각자의 숨구멍으로 숨을 쉬며 살아가는 존재
호흡이 멈출 날을 알지 못한 채 무작정 살아가는 존재

턱을 괴어 가만히 생각에 잠기는 건
오직 인간 뿐만은 아닐 것이다

궤도 속 이석

귓속 작은 돌멩이긴 하나
작은 일탈로도 존재 자체를 흔든다

세반고리관으로 가치관을 옮기니
어지럼증에 정신이 혼미하다

땅의 존재들에게 안정성은 생명이다
거룩한 사명감이 귀소본능을 자극한다

궤도 속 원활한 나아감의 삶인가
무궤도 속 거침없는 여행자의 삶인가

양날의 검을 품은 목

목은 늘 고뇌한다
생을 이어가기 위해 발버둥치는 몸과
그 몸부림을 지켜보는 침묵하는 뇌 사이에서

목은 늘 고뇌한다
근본 이유도 모른채 쉼없이 움직이는 몸과
은밀히 그 움직임을 주관하는 뇌 사이에서

목은 늘 번뇌 속이다
원천적 본능에 따르는 몸과
공허감을 느끼는 정신 사이에서

목은 늘 번뇌 속이다
세상에 펼쳐진 현상에 집중하는 몸과
저 너머 현상을 느껴보려는 정신 사이에서

척추의 연설

여전히 생생합니다
마침내 허리를 곧추 세워 산을 바라 본 그 날을

과히 혁명이었습니다
감히 땅에 맞서 직립 보행을 시도한 첫 걸음은

한 발을 떼고 재빨리 다른 발을 내딛자
발끝부터 머리끝까지 혼연일체가 되었습니다

온 신경 세포가 긴밀히 움직였습니다
그렇게 오롯이 걷는 것에 집중했습니다

어느덧 직립보행의 유전자가 결성됐습니다
마치 본래 두 발로 걸어다닌 존재처럼

두 발로 성큼성큼 걷는 그대여
수 억년의 세월이 잉태한 위대한 존재다

손으로 자유롭게 도구를 사용한 그대여
수 억 개의 유전자에 각인된 강인한 승리자다

사고하는 큰 두뇌를 지닌 그대여
온 세포마다가 전율을 느끼는 온전한 생명체다

그대는 시간이 잉태한 귀한 결과물이다
그대는 존재 그 자체만으로도 충분하다

나무꾼의 어깨

인간이 날지 못하는 이유는
어깨의 무게 때문이다

잠시 땅에 머물려고 날개옷을 벗어
세상의 무릉도원을 거닐다가

선녀같은 천상의 세상사람을 만나
그만 세상의 시간에 심취되었다

그 후 땅으로부터 생긴 소속감은
나무의 뿌리처럼 번져 묵직해졌다

어느덧 그대는 땅의 중력에 중심이 되었다
그 무게를 어깨가 짊어졌다

삶의 중력에 맞서 무너지지 않기 위해
어깨가 꿋꿋이 버티고 있다

인간이 삶을 살아가는 이유는
그 어깨의 무게 때문이다

가장 먼저 만들어져 가장이 된, 심장

가슴 뛰는 삶을 살라고 한다
가슴 뛰는 삶이 뭘까

늘 심장에게 먼저 물었다
이 일이 너를 뛰게 하는가

늘 심장에게 먼저 물었다
이 길이 너를 뛰게 하는가

늘 심장에게 먼저 물었다
이 사람이 너를 뛰게 하는가

분명 그 때는 가슴이 뛰었다
아니 아마도 뛰었을 것이다

내 연습장에 그 열정이 남아 있다
내 일기장에 그 뜨거움이 담겨 있다

허나 지금은 뛰지 않는다
단지 혈액이 순환하고 있을 뿐

그때 그 심장소리는 무엇이었나
그저 세상물정 모르는 순수함의 오류였나

그때 그 열정은 누가 솟구치게 한 건가
그저 경험치 없는 근거없는 자신감이었나

과거의 심장이 안내한 지금의 상황
과거의 심장이 만든 지금의 내 모습

시간을 견디기 위한 심장의 몸부림이었나
시간을 맞이하는 심장의 설렘이었나

심장의 뜀이 모든 걸 답해줄 거라 생각했다
순수한 열정이 모든 걸 보상해줄 거라 생각했다

늘 뛰어야 하는 숙명임을 알았던 심장
멈추는 순간이 존재의 소멸임을 알았던 심장

심장은 오늘도 모든 세포를 펌프질한다
또 다른 문을 열어줄 원동력을 만들기 위해

심장은 오늘도 그대에게 속삭인다
저 너머에 새로운 희망이 있다고

터줏대감 갈비뼈

태초부터 관심 받아온 존재들이다
신의 손을 탄 선택받은 기관으로
역사 속 종교계 믿음의 시초이자
과학계에도 그 관심은 건재하다

태초부터 이어받은 고귀한 의무는
존재의 짝을 중매하는 매파 역할로
갈비뼈마다의 잣대를 통과한 자만이
붉은 심장에게 다가갈 수 있다

허나 예측불허 만남이 이뤄진다
심장이 터질 것 같이 뛰게 한 인연에게는
뼈쓸세도 없이 심장의 문이 열린다
사실 그 날은 온 존재의 축제날이다

바벨탑 동맥 정맥

삶은
부지런히 자신의 바벨탑을
세워야 하는 시간이다

동맥은 두껍고 튼튼한 혈관벽을 만들어
심장이 뿜은 동맥피를 힘차게 흘려보낸다
마치 선홍색 피만 존재하는 것처럼

정맥은 두껍고 튼튼한 혈관벽을 만들어
정맥피를 수거해 힘차게 심장으로 보낸다
마치 검붉은 피만 존재하는 것처럼

삶은
거침없이 자신의 바벨탑을
깨부셔야 하는 시간이다

봐야 한다, 연결된 소동맥과 소정맥
그리고 그물처럼 얽히고설킨 모세혈관
그 안에서 끊임없이 교류하는 혈장을

자기중심의 펌프질에서 벗어나
전체 순환의 흐름을 바라보며
자신감과 겸손함을 균형있게 키워야한다

열정 품은 횡경막

매일 아침마다
그대를 흔들어 깨우는 자

근육이 없어 무력한 폐에
생기를 불러일으키는 자

흉강의 과거를 압박하고
복강의 미래를 확장하며

오늘의 호흡을 불러오는 자
오늘의 의미를 찾아오는 자

존재의 근원 열정이
오늘 그대의 심장을 뛰게 한다

배설하라 콩팥처럼

우리는 상황에 반응한다
그 반응은 감정을 남긴다
감정의 배설을 거르지마라
감정 노폐물은 삶을 무겁게 한다

우리의 행동은 제약된다
하지만 사고는 통제할 수 없다
잔가지 생각들을 잠시 멈추라
쉼없는 내면의 요란함을 바라보라

매순간의 호흡에 주시하라
여과의 과정 속 그대는 순환된다
정화 기능이 상실된 삶은
자각하지 못한 무력감이다

팔자가 센 간

나는 일 복이 타고났다
마치 공장처럼 일한다
500가지가 넘는 화학 반응을 낸다

이따금 독성 물질이 들어와
그 타격으로 쓰러질 때면
그냥 그렇게 잠들어 버리고 싶다

다시 누군가 나를 일으켜 세운다
어느새 나는 회복 되어있다
슬프게도 나는 다시 움직인다

오뚜기처럼 일어서는 나를 보고
재생력이 강하다고 치켜세운다
불사조처럼 되살아났다고

프로메테우스 신화가 맞는가 보다
인간에게 불을 주었다는 벌로
매일같이 독수리가 간을 쪼아먹었다는

재생력을 거부하고 싶을 때가 있다
마음껏 아프고 싶고 투정부리고 싶다
토닥임 받고 싶고 기대고 싶을 때가 있다

몸의 옹이 배꼽

흉터라고 부르지 말라
한때는 이것도 문이었으니
비록 열렸다 닫혔을지라도
상처라고 부르지 말라
한때는 치열하게 양분을 끌어올렸으니
비록 흔적으로 졌을지라도

죽지 않을 것이면 살지도 않았다
떠나지 않을 것이면 붙잡지도 않았다
침묵할 것이 아니면 말하지도 않았다
부서지지 않을 것이면, 미워하지 않을 것이면
사랑하지도 않았다

배꼽이라고 부르지 말라
탯줄이 떨어진 자리라고

한때는 이것도 연결된 끈이었으니
다만 매몰찬 단 한 번 잉태로
다시는 열리지 못했으니

〈옹이/류시화 시 인용〉

부드러운 개입자 팔꿈치

넛지(Nudge)라는 책으로
세간의 관심을 받기 전까지

나의 옆구리 슬쩍 치는 요법은
아무도 눈치채지 못하고 있었다

강요가 아닌 유연한 개입으로
선택을 유도하는 방법 말이다

큰 방향을 관장하는 위팔의 탄력을 전달받아
눈치채지 못하게 아래팔이 스스로 실천하게 한다

위팔은 아래팔의 따름을 보고 흡족해하고
아래팔은 자신의 움직임의 결과에 열중한다

위팔과 아래팔의 합작품을 보고 있노라면
검고 쭈글한 내 존재가 기특하게 여겨진다

아마도 신과 인간의 합작품을 보고 있는 그 존재도
나처럼 지그시 미소 짓고 있겠지

살며시 툭 치며 만드는 그 흐름의 맛
저 구석에서도 주인공처럼 사는 맛이다

나그네 손등

그립감이 무엇일까
그 붙잡는 소유욕은

두드림은 무엇인지 안다
알고 싶은 절실함이다

손도장은 무엇일까
그 남기고 싶은 욕망은

밀착되지 않음은 안다
바라보는 거리감이다

운세는 무엇일까
그 손금의 복잡함은

의연함은 무엇인지 안다
핏줄의 흐름을 타는 것이다

집착 손톱

손가락을 지키는 단단한 아집이다
방어하다 금이라도 가면 존재가 흔들린다

손끝을 보호하는 날카로운 자존심이다
조금이라도 손상이 되면 존재가 무너진다

너가 아니면 내가 안된다는 듯
내가 아니면 너가 안된다는 듯

오롯이 좁은 틀 속에서 꿈틀대는 애착이다
새로운 성장을 거부하는 물어뜯는 폐쇄다

손톱은 때가 되면 깎아내야 한다
손톱에 때가 끼면 씻어내야 한다

굳세어라 엄지

인류 진화의 숨은 공로자는
유연성의 소유자 엄지손이다

직면하게 되는 환경과 상황 때마다
늘 엄지는 앞장서서 협업을 일궈냈다

손바닥과 밀착해 비벼 불을 피우고
집게와 다부지게 잡아 문자 기록을 남기고
가운뎃과는 당겨 화살과 총으로 혁명을 일으키고
약지와는 결혼반지로 인류의 번식을 책임지고
새끼와는 약속을 걸며 평화를 지킨다

나란한 네 개 손가락들보다 낮은 위치에서
피해 의식이나 자격지심을 키우기보다는
늘 다른 시야에서 바라볼 수 있는 자리로
네 개 손가락과 협업을 구상하는데 활용했다

네 개 손가락이 만장일치로 몸을 굽혀
엄지 존재에 찬사를 하며
땅딸막한 작은 손가락을 위로 치켜세운다
이제 엄지 척이다

버림의 실천 땀구멍

어려운 결정이었습니다
몸 밖으로 나의 것을 버린다는 것은

열띤 찬반론이 오고갔습니다
왜 애써 얻은 것을 잃어야하는가에 대해

그것은 무지였습니다
비로소 버릴 때 채움의 진리를 체험하지 못한

그러나 여전히 꽉막힘이 존재합니다
정신에게 문을 열라고 사정해도 소용없습니다

열어도 여전히 온전함을 실천해보여도
자기애와 고집, 자존심과 편견은 꿈적도 안합니다

충분히 이해합니다, 그 두려움을
쥐고 있는 것들이 곧 존재의 힘이니

허나, 버릴 수 있는 용기가
자신을 정화할 수 있는 열림의 시작입니다

더불어 사는 털

한때는, 나에게
외부로부터 피부를 보호해달라 했다
거침없는 태양빛을 차단해달라 했다
온 마음을 다해 감싸주었다

한때는, 나에게
맹추위에 견딜 체온을 유지해달라 했다
적 앞에서 몸집을 크게 보이고 싶다 했다
온 힘을 다해 덮어주었다

언제부터인가, 나에게
맹수를 피해 사냥하는데 거추장스럽다 했다
답답해 숨을 제대로 쉴 수 없다 투덜댔다
땀샘에게 자리를 내주며 나를 축소시켰다

언제부터인가, 나에게
온 질병의 원인이라 의심의 눈초리를 보냈다
이성을 끄는 매력을 저하시킨다는 수치심까지
미안한 마음에 최대한 존재를 낮췄다

지금 나는
필요로 하는 자리에 존재감을 발휘하고 있다
난 내가 퇴화되었다고 생각하지 않는다
난 세월이 준 특혜를 받은 변화 속 지혜자다

이어달리기 공간 자궁

첫 계주가 누구였을까
끊임없이 이어지는 이 경기를 시작한

배턴을 전달하는 선수, 정자와
배턴을 받는 선수, 난자가 만나는 짜릿한 장소

배턴을 잘 주고받을 때를 기다리는 인내
자신의 짝을 만날 지루한 설렘

혹여 이 경기 운행을 위해 사랑이라는
화학 작용이 필요했던 것은 아니었을까

온 인류의 역사를 뒤흔들었던 사랑이
그저 이 자궁 속 욕망의 꿈틀거림은 아니었을까

마침내 착상의 때가 오고
곧 자신의 승리를 보란듯이 드러낸다

그 승리의 열매가 세상 밖으로 나오는 순간
두 선수는 결코 그 굴레를 벗어날 수 없다

그 새로 투입된 선수의 뜀박질이 시작된다
다음 공간에서 만날 주자를 향해

생산하고 있는 이유를 모른 채 사정한다
성욕을 주입시킨 자를 알지 못한 채

매월 출혈하는 이유를 모른 채 생리한다
잉태의 사명감을 심은 자를 알지 못한 채

확실한 건, 인류의 폐경기가
지구의 종말이겠지

엉덩이로 이름쓰기

1

뇌와 나는 오래된 친구다
이따금 서로의 안부를 묻는다

우리의 우정이 시작된 건
뇌가 직립보행을 고집했을 때다

우뚝 높은 자리로 올라
세상을 내려다보며 인류를 지배하겠노라

나는 친구의 야망을 위해
없던 대둔근 근육을 키워 몸을 일으켜주었다

끊임없는 진화 속에 치밀한 사고로
녀석은 꿈을 이룬 것 같긴한데

쭈굴쭈굴 주름이 점점 늘기만하고
나처럼 해변에서 일광욕도 즐길 여유도 없다

녀석이 쉬고 싶을 땐 나에게 신호를 보낸다
그럼 난 두말없이 폭신함을 내어 앉게 한다

2

뇌와 나는 오래된 친구다
우린 꽤 닮은 구석이 많다

녀석은 뇌섹이라는 말을 좋아한다
그래서 늘 뇌를 풀가동시킨다

나는 뒤태의 섹시함을 좋아한다
그래서 탄탄한 근육을 키운다

녀석은 자존심이 쎄다
멍청하다는 말에 버럭한다

내 자존심도 만만치 않다
나를 함부로 만졌다가는 큰 코 다친다

녀석은 기억상실증을 가장 두려워한다
기억을 잃는건 곧 뇌의 사망이니까

나도 근육상실증을 가장 두려워한다
일어서는 법을 잃는 건 곧 좌절이니까

3

뇌와 나는 오래된 친구다
우린 다소 다른 점이 있다

나는 갓 태어난 아이의 엉덩이를 때려

몸의 온전한 탄생을 우렁차게 알리고자 하는데

녀석은 뇌를 흔들리게 한다는 핑계로
알몸을 재빨리 감싸기 바쁘다

나는 엉덩이로 이름쓰기 놀이를 좋아한다
온 몸으로 나를 표현하고 싶다

녀석은 부끄러움을 자극해
놀이가 아닌 벌칙으로 여겨지게 했다

한 때 우리는 그 놀이를 좋아했다
녀석이 생각하면 나는 그걸 표출해주었다

그 때부터였다, 녀석이 그 놀이를 꺼린건
놀이에 심취되어 온 몸으로 춤사위를 펼친 그 날

온 몸이 혼연일체가 된 찰나의 순간
자신의 존재가 사라짐을 경험한 그 때부터였다

연골 연화(連和)

아이의 성장판이 닫혔다
사회라는 정글의 문이 열린다

형성된 골격을 단단히 여미어
한 걸음 한 걸음 앞으로 나아간다

사춘기 호르몬의 역습도 잘 넘기고
타인과의 관계의 미로도 잘 헤쳐간다

긴 정글의 여정이 끝날 때 쯤
그대는 깨닫게 될 것이다

외력과의 싸움이 아닌
내력과의 싸움이었다는 것을

미성숙의 마찰을 흡수하고
내면의 생채기를 완충하며

그대를 매번 일으켜 세운 건
단단함이 아니라 말랑함이었다는 것을

구원자 아킬레스건

아킬레스건 통증이 밀려온다
전진하는 그대의 발목을 붙잡는다

이것만 아니면 날고 기었을텐데
그것만 있으면 활개치고 다녔을텐데

가슴치며 자학하지 마라
절뚝절뚝 안간힘 쓰지 마라

가만히 통증의 출처를 따라가보라
그대를 잡아주는 움켜짐일수도

세상 바다에 흠뻑 취해
자만심에 허우적댈 그대를 구원해준

그 채워지지 않음을 그대로 두라
다른 것으로 만회하려 하지 마라

그 비움이 그대를 이 시로 안내했다

지문은 그대의 별자리

지문은 존재의 좌표다
하늘 위 별자리처럼 대지 위 반짝임이다
호흡하는 동안 자신의 위치를 알린다

열 개의 지문은 우주와 실시간 통신한다
지두마다의 융선 회로가 공진한다
우주에 그대의 움직임이 새겨진다

지문 자리로 그대 운세를 점친다
어제의 자리가 오늘의 자리를 예측한다
매순간의 흔적이 차곡차곡 짙어진다

지문으로부터의 에너지가 그대 자신이다
에너지만큼 반짝임이 표출된다
그대의 별자리 이름은 무엇일까

재판장에 선 뉴런

"제 자아가 한 일입니다"
"자유의지의 뜻에 따랐을 뿐입니다"

"도대체 자아가 무엇입니까?"
"자아는 진정한 나의 본질입니다"

"자유의지는 누가 부여한 겁니까?"
"신에게 부여받은 신성한 권리입니다."

반론할 과학자가 증거물을 제시했다
비로소 열린 인간 몸 속 블랙박스 영상이다

"자아도 자유의지도 존재하지 않습니다"
"신경 뉴런들이 활성화되고 있을 뿐입니다"

"이의있습니다!"
"제가 겨우 알고리즘 유기체라는 겁니까?"

신경계는 투우장의 들소다

세상은 신경계로 둘러싼 투우장이다
무수한 관중들의 신경계가 얽히고설켜 있다

세상은 현상의 연속이다
그대 앞의 현상이 붉은 천처럼 그대를 자극한다

일순간 흥분하는 들소처럼
눈 앞의 현상들에 말초 신경계가 즉각 반응한다

돌진하는 들소처럼
세상에 펼쳐진 사건들에 빠져드는 신경계

관중들의 환호에 자극된 들소처럼
시간의 질주에 말초 신경은 빠져든다

속도에 탄력으로 질주하는 들소처럼
일상의 탄력으로 신경계는 반복한다

작살이 심장에 꽂혀 붉은 피가 터지고
비로소 흥분을 멈추는 들소처럼

삶의 현상들이 눈 앞에서 사라질 때
비로소 신경계는 작동을 멈출 것이다

죽음의 공포 마저도 희석시킨 그 붉은 천이
삶 속에 일어난 매순간의 현상들이다

어쩌면 우리는 세상의 붉은 천에 휩싸여
생의 마지막 호흡 소리조차 듣지 못할 수도

메신저 잠

매일 죽음을 경험한다
매정한 기억의 삭제다

밤마다 뇌를 묻는다
가차없는 자아의 해체다

일순간 몸은 사장된다
야속한 관계의 종식이다

이 정도면 잘 전해졌겠지,
존재의 소멸이 무엇인지

매일 탄생을 경험한다
다정한 기억의 회귀다

아침마다 뇌를 꺼낸다
가치있는 자아의 소환이다

일순간 몸은 소생한다
익숙한 관계의 시작이다

자만하는 DNA

오늘도 여느 때와 같이
뇌를 깨워 공장문을 연다

신경 세포 사슬을 활성화한다
몸의 화학반응을 예측한다

예측을 벗어날 확률은 미미하다
오늘도 DNA 설계도에 따라 움직여줄테니

복제된 인간의 본능 코딩에 따라
존재마다의 유전 알고리즘에 따라

저 구석에 있는
의지가 말썽만 피우지 않는다면

불태운 의지가 변이를 일으켜
경로를 뚫을 습관화 혁명을 선도하지 않는한

이번 몸뚱어리에서도
유전체 게놈의 절대성은 증명될테니

영웅이 된 흉터

비로소 깊은 잠에서 깨어났다
진피의 바닥까지 경험한터라
돋아난 새살에 기억이 묻었다

감당하기 힘든 외로운 고통에
너덜너덜해진 존재감은
창상의 이유조차 묻지 못했다

비로소 주위를 둘러본다
내가 있어야 할 곳, 나를 기다린 곳
끝내 재생력을 키워 이르게 된 곳

여전히 통증을 기억하는 살이다
허나 범접할 수 없는 아우라가 있다
존재의 깊이를 뿜어내는 광이다

철학자 그림자

나의 탄생 본질은 무엇인가
우연한 존재인가, 필연적 존재인가

불투명한 육신에 드리운 눅눅함인가
투명한 빛이 투과된 반사 파동인가

나의 존재 방향은 어디인가
따라가는 힘인가, 끌고가는 힘인가

허무한 생을 등진 육신의 넋두리인가
허무한 생을 투과한 정신의 꼿꼿함인가

나의 소속은 어디인가
빛의 영역인가, 어둠의 영역인가

육신이 사라지면 홀연 소멸인가
육신이 사라지면 단지 떠나는가

발등은 잣대다

알고 있는가
신은 매순간 지켜보고 있다 걸

그대에게 허락된 부귀富貴가
그대 발등에 올라타
그대를 한없이 교만하게 만드는지

그대에게 허락된 재능이
그대 발등에 올라타
그대를 미치게 질주하게 만드는지

알고 있는가
신은 매순간 질투하고 있다 걸

그대의 가족이
그대 발등에 올라타
그대 자신보다 더 우선순위를 차지하는 지

그대의 연인이
그대 발등에 올라타
그대 마음을 온통 빼앗아 버리진 않는지

그들을 지키고자 한다면
발등의 거리만큼 거리를 유지해야한다

그들에게 집착해 매이는 순간
모두가 파멸이다

존재들이 묻는다면

그대의 탄생은
기어코 유有의 길을 선택한 기氣

그대의 세포는
이미 걸어온 자들의 흔적

그대의 심장은
정화를 향한 쉼 없는 펌프

그대의 눈은
옛 기억을 씻은 새로운 그릇

그대의 코는
현재 위치를 자각하는 통로

그대의 귀는
이 생에 닿게 될 대지의 영역

그대의 손은
걸어올 인연을 이해할 언어

그대의 입술은
그대의 사랑을 확인할 도장

지구 생명체 발자국

해왕성에 사는 해왕인들이 모여
우주여행 경험담을 이야기한다.

"나는 저 멀리 떨어진 지구라는 행성에
며칠간 머문 적이 있었어."

"생명체가 존재하는 행성인가?"

"응. 우리와는 사뭇 다른 생명체들이
살고 있었어."

"그래? 어떻게 생겼던가? 우리처럼
지능을 갖고 있던가?"

"머리가 다섯 개 달리고, 몸통은 어깨가 발달하고
허리 한쪽이 잘록한 지능을 가진 생명체들이었어."

"신기한 게 말이지, 매초마다 수십 억 개의
생명이 탄생된다는 거야. 그 존재마다가
뿜는 에너지가 천차만별이야."

"에너지가 맞는 존재들끼리 무리지어
지구 행성을 잘 이끌어가고 있더군."

신비주의자 유전자

지구별 영혼에게 천사 기자가 질문했다.

"지구에서 제일 신비한 게 무엇이었나요?"
"인간의 유전자요."

"지구에서 제일 무서운 게 무엇이었나요?"
"인간의 유전자요."

"지구에서 제일 원망스러운 게 무엇이었나요?"
"제 유전자요."

"지구에서 신을 독대할 만한 자가 존재하던가요?"
"네. 인간의 유전자요."

굳어져가는 발바닥

첫 울음과 동시에 열정의 발차기는
지구 행성으로의 거침없는 착륙이었다

말랑말랑한 새하얀 작은 발은
미지를 향한 호기심으로 꼼지락거렸다

대지와의 첫 맞닿음의 희열은
세상의 모든 길이 활짝 펼쳐질 듯 보였다

시간이라는 소용돌이 속
생의 무게에 굳어져가는 발바닥

삶 속 상실과 상처로 생긴 굳은살은
시간의 채찍질에 무작정 전진하는 말굽 같다

대지의 숨소리가 흐릿해진 기억이 묻는다
태고의 길이 본래 존재했던가

지은이 **김 소 향**

책을 읽고 글을 쓴다.
초등학교 방학 숙제로 첫 시집을 냈다.
중학교 문예집에 수필 수록 등 학창시절 글을 썼다.

중앙대학교 청소년학과 및 서강대 경영전문대학원을 졸업했다.
대학교 졸업 후 작가 문하생으로 또 인도 여행을 다녔다.
번역 및 해외 마케팅 회사를 다녔고 현재는 KT그룹에서 근무
중이다.

번역을 하면서 인내와 삶을 배웠다.
번역서 〈상실 수업〉, 〈굿바이 내사랑 스프라이트〉, 〈티베트의
즐거운 지혜(공저), 〈할아버지와 함께 걷기 : 인디언 어른들이
들려주는 지혜의 목소리〉가 있다.

이 시집이
세상에 나올 수 있도록 도움을 주신
소중한 분들

- 텀블벅 후원 -

이기욱	이미향	윤대양
오재은	권용현	김교광
강민영	김시웅	전지현
이예진	김소희	최민지
김연주	서옥선	김공로
이영숙	연지현	정철수
황지선	조계석	박용진
서예주	김서원	김선향
최한나		

엉덩이로 이름쓰기

초판 1쇄 인쇄 2020년 4월 6일

초판 1쇄 발행 2020년 4월 17일

지은이 김소향

디자인 강민영

펴낸이 백승대

펴낸곳 매직하우스

출판등록 2007년 9월 27일 제313-2007-000193

주소 서울시 마포구 모래내로7길 38 605호(성산동, 서원빌딩)

전화 02) 323-8921

팩스 02) 323-8920

이메일 magicsina@naver.com

ISBN 978-89-93342-99-4